U0164621

我们是誰

心然　編著

青森文化

好了一個母親，
好了一個家，
好了一個世界。

真誠希望這部書能成為
和諧家庭的讀物，
也希望能成為更多
母親的知音，
為和諧社會獻出一份愛！

心然心語
——我們是誰？

　　魚兒離不開水，孩兒離不開娘，這是人人明白的道理。魚離不開水，但水也不是魚，它們卻一直和諧相處，這就是生命的真相。

　　我們是誰？這是千古一問。在養育孩子的過程中，這個問題顯得尤為重要，因為作為一個母親，在孩子隨著哭聲落地的那一刻起，自然而然的母愛油然而生，並且在孩子不斷地成長中，我們對孩子們的愛一刻也沒有停止過。《道德經》是一部認識生命、瞭解萬物自然的規律之書，生命的本質是宇宙萬物同一體，人與萬物本一源。認識了我們是誰，我們自然會謙卑，感恩地前行。我們感知到了生命的真相是圓滿具足，自性光明的整體存在。個體的存在是因為在宇宙的 N 維虛空中，建立了連接，得到了支持。經營生命就是管理好各種關係，和諧的關係就是幸福的人生。每段關係，無論好壞、長短，都有人生的意義，生命的價值在於認識了自己是誰。感恩父母祖先把合作分享的道德品質傳承；謝謝老師及家人們的理解和支持令我更有勇氣探索自我；謝謝好友們的幫助並提出寶貴的意見讓我充滿信心，坦蕩前行。謝謝孩子們的先天滿魂力，讓身為父母的我們不再自以為是，而是回歸簡單的先天無為妙用中，讓每個生命成為自己，奉獻自我。

　　我們是誰？其實父母和孩子的對話中已經蘊藏著許多答案。在秋日的一個清晨問七歲的兒子：「我們是誰？」孩子毫不猶豫地說：「我們是人類，我們是有智慧的人類，我們是新一代的存在。」我又問：「生命是什麼？」孩子說：「宇宙大媽媽生了靈魂，靈魂把它自己賜給了我，然後我就有了全新的生命。」如果不問這個問題，我還真不知道在孩子的小小世界中已經有了這樣美好的大世界。這樣的對話總是令人感受到油然而生的喜悅，其實每位孩子天生就是位哲學家，我們父母不僅要善於傾聽和發問，更重要的是要找回自己來時的路和本來的自己，回到嬰兒的柔弱狀態。這樣才能更好地和孩子攜手同行，彼此照亮。很開心不僅在中國內地，在香港、日本、新加坡、泰國等地已經有很多媽媽經由對《道德經》的學習，走進生命，瞭解生命，綻放生命，我們在每一次的互相鼓勵和共同學習中自我認知，不斷地成長、成熟，直到成為愛！生命為愛而存在，生命在關係中成長！好了一個母親，好了一個家，好了一個世界。真誠希望這部書能成為和諧家庭的讀物，也希望能成為更多母親的知音，為和諧社會獻出一份愛！

心然悟道詩
——原創悟道詩 2022 年 11 月秋

和韻

雲卷雲舒觀自然，
念來念去靜定生。
真常應物即清淨，
心本如來是歸處。

妙門

山川河流不停息，
低谷深涯空靜寂。
天地相合萬物興，
有無相生眾妙門。

花語

秋風習習葉歸根，
楓紅飄飄滿枝頭。
如火熊熊迎冬來，
恰似深深樂無聲。

無為

古時屋舍現高樓，
同住一家人依舊。
身在何處貴心安，
順道而行方自在。

承傳

千年經典載聖心，
華夏文明有承傳。
猶如明鏡日照鑒，
道歸心田福自來。

果趣

萬紫千紅花凋零，
歸根日靜蘊新生。
隨風搖曳待時日，
碩果滿枝獻人間。

小聚

茗茶流香貴知音，
獨飲靜思亦成趣。
三五好友匯一舍，
更有清歡別樣談。

水韻

上善唯有水長流，
翻山越嶺不停休。
潤澤無邊清濁依，
萬物皆歸各自成。

谷音

深深谷底水潺潺，
謙謙吾心明晃晃。
生生轉境終察察，
念念有聲似空空。

母心

萬物自生母為道，
天地人和育養德。
各自歸根清淨土，
家和業興世代傳。

明心

萬水千山終有源，
七情六欲始無執。
本自清靜妙虛極，
愛灑人間覺自然。

見性

知錯改過遇真知，
見善思齊匯天良。
無來無去如流水，
不生不滅至無極。

大地之子於海賦詩

心有靈犀一點通，超然而為觸道法。

自在心靈懷感恩，點滴成長順道行。

福生建長武夷脈，心靈瑜伽伴十年。

巧合機緣清靜願，玉琢玲瓏剔透明。

道是無為卻有意，滬上相結內經情。

演說無心信手拈，主持講台遊刃餘。

幾度春雨幾度秋，終得佳緣落香港。

一心追隨《道德經》，數度親赴泰國城。

修行修心修福氣，同修同行同道信。

夫愛妻德互有敬，五載修得鳳龍孩。

心生歡喜感恩謝，自在清心超然懷。

母愛無私大奉獻，女道有德盡孝順。

一心一意教子樂，上善若水顯母愛。

家書代言媽媽智，筆底行間育兒才。

問道同行心然釋，樂於助人己樂哉。

清淨無為無無為，超然有道道體虛。

心懷般若波羅蜜，道法超然慈悲懷。

九九歸餘八十一，有愛有心篇篇彩。

感恩日記九九續，心靈百合迎您來。

目 錄

序一
新時代覺醒的母親

我與心然相識於深圳鵬城，至今已有八年，亦師亦友。記得有一次有人問她，你這位大齡文藝女青年剩女為什麼最後也成家了，她懇切地回答，因為此生要做一名母親。乾脆的回應似乎也預示了心然將從一位文藝女青年到之後母儀範兒具足的超越，必定是勇敢灑脫的。

心然給我的感覺是：謙遜、真誠、利他、善始善終。我們舉辦禪修營時，心然謙遜地走進我的課堂成為學員，當時讓我感受到她的真誠利他之心彌足珍貴。心然的善始善終更是讓我印象深刻：她把一本《道德經》從開始到現在、全方位地踐行到底，並且我相信必將會融入她的後半生中。她將她從經典中領悟到的方法首先用在自己身上，再活用到與先生、孩子和自己的母親的相處模式上，並逐漸取得可喜的效果，真的是非常隨喜讚嘆。

心然乘風破浪，在香港創辦母儀學苑，從剛開始對香港的陌生，到後來感召一群志同道合的經典家庭，在她一路的影響下，這些媽媽和孩子們一起幸福地學習成長。如今的心

然已點亮心燈，活成一道光。萬事開頭難，而心然如今已經開好頭，她更大的使命便是帶領更多有緣份的寶媽們傳承經典，活出生命如光的狀態。

心然這一路能與大道為友、與經典同行真是大福報，很開心能見證她生命如光的樣子，真美！

我們是誰？這很有深度的發問，是人生亟需明瞭的根本大事！《我們是誰》這本書給出了答案：我們是母親。

現今大多數母親的實況是痛苦多於快樂的，活得特別用力，又過於焦慮，時常處於緊繃狀態，顯然這是太剛強的呈現。或許是因為「為母則『剛』」吧，但《道德經》第三十六章明確開出了「柔弱勝剛強」的處方。有為地育兒也讓很多媽媽開心不起來，生煩惱心，而《道德經》言：為無為而無所不為。怎麼理解呢？比如：媽媽罵孩子「真沒用」，焉知沒用方有大用，不要去塑造孩子，你只需創造一個充滿愛和喜悅的環境，像大道母親一樣順其自然地生活。孩子如藥材，每位（味）都有獨特的功效，自帶治愈力；每位母親都是曾經的孩童，「大人者不失其赤子之心」。孩子的到來

是為了提醒母親：做個智慧的人，活出喜悅自在。就這麼簡單，簡單到常常只需要給孩子一個肯定的眼神或會意的微笑就行了。

我們是誰？這個我們，是每個個體存在與一切身心活動的基點，是人生中一切價值與意義的基石！可是我們是否有認真思考：我們究竟是誰？這個「我們」，真如我們認為的那般不言自明、確定穩固的存在嗎？這個問題看似玄談，焉知卻是生命的根本。重新認識我們自己，只有以正確的知見和踐行為基礎，才可能搞清楚我們究竟是誰。我們可以從原有生命層面的「我們」和社會角色層面的「我們」去理解，但我們的本來面目是誰？其實是「沒有我們」，即無我們、無我。每位母親盡此一生，實際上都得經歷自我、大我和無我的生命歷程。自我是一種欲愛，大我是做到慈愛——人生微苦，你有七分甜。那如何達到無我呢？縱觀古今，我們唯有打開心門，擴大心量，回到內在的平靜。如同清澈的森林水池，會有各種動物來喝水，水池卻極其平靜，任牠們來去，如此而已。唯有靜下來才能找出心靈不安的原因。老子說：致虛極，守靜篤，萬物並作，吾以觀其復，夫物芸芸，各復歸其根。歸根曰靜，靜曰復命。這才是我們內心強大的「終極密碼」。新時代需要我們覺醒——母親的覺醒，覺醒的母親。

我們是誰？母親可以怎麼做更適悅？人生無常，我們只有醒來。怎麼醒來？老祖宗早已告訴我們，這個智慧就在一個字裏——經：從經典和經歷中與智者連接，從踐行經典中開啟自己潛在的智慧與力量。讀經是我們回到與高能的老祖宗連根養根、直接簡單有效的方法，讀經是培育心智的優先方案，具有明理、調心、悅樂的功用。讀經的母親是美麗的，讀經的家庭是吉祥的，讓經典之聲滋養家庭能量場，潤澤中華好兒女，好家風促進社會良善風氣，這是覺醒了的家庭為新時代的國家和社會做出最大的擔當。種一棵樹最好的時間是十年前，其次是現在。

我深深地感恩這份自然的緣份，相信孩子們內在具足圓滿、真誠，祝福母親們精神上充實飽滿豐盛。我堅信：母親的醒來是對人類超級大的貢獻，喚醒更多母親就是對世界最大的社會公德。願與《我們是誰》的讀者同頻、願與天下家庭一起：創造美美與共、健康傳承、中道圓融、皆大歡喜的大同世界！

徐舒順

國際老子書院副院長

寫於海南三亞

2022 年 11 月 29 日

序二

感恩在日華人信子老師的推薦，信子老師用《道德經》中柔弱的智慧成全了孩子的成長，營建了家庭的幸福，是母親們的典範。

親愛的朋友們，我是兩個孩子的母親。我沒有學習過怎樣做媽媽，在異國他鄉一邊服務社會，弘揚老子《道德經》，一邊帶孩子，一邊學習，是與兩個孩子一起成長的。

幾十年的光陰過去了，孩子已經長大成人了，我深深地感受到了媽媽在一個家庭裏是如此重要。一個女主人是一個家庭的支柱，要照顧好老人讓父母安心，照顧先生讓先生放心，照顧好孩子讓孩子感到媽媽的溫暖。

記得在大孩子四歲小孩子兩歲的時候，有一天我身體不舒服，我堅持給孩子做好飯後想躺一下，不一會兒兩個孩子給我端來一杯熱水，告訴我：「媽媽我們肚子不餓。」當時的我淚流滿面。大孩子上了小學，寫作文題目是〈我的媽媽〉，學校獎勵的五百元圖書券，孩子用小手緊緊握著一口

氣從學校跑回來，交給了我，說：「媽媽這是我得來的，您去買書吧，以後我長大了還要給媽媽！」小的孩子學習成績不好，卻有一顆助人為樂的愛心，從小就說：「我長大了更有力氣保護媽媽。」讓我感受到了母子之間有著一種無形的愛，柔弱的我卻讓孩子自立起來。我的先生是一個孝子，每個休息日都帶兩個孩子去看父母，二十多年沒有改變。在我先生退休時，兩個孩子給爸爸辦了一個家庭感恩會，寫下了一封感恩信，讓我的先生感動得淚流滿面。俗話說：「父慈子孝」，「父母是孩子的榜樣」，「孩子是父母的鏡子」，「孩子是看著父母的背影成長」，我已經深深地感受到了。

　　大的孩子讀大學時選擇的是同父親一樣的大學，現在畢業了在研究所工作。

　　小的孩子選擇了「緊急救命士」，他說：「我要做像媽媽一樣的人。」兩個孩子現在都已經成人了，走向了他們各自的生命軌道。

我感恩我的老師的教導：「孩子是金，就讓他成為一塊好金。孩子是一塊鐵，就讓他煉成一塊好鐵。」就是這句座右銘讓我把兩個不同個性的孩子帶大了。感恩《道德經》讓我知道了「上善若水」是做媽媽、做妻子、做女兒、做兒媳的重要品質。感恩《道德經》讓我明白了要做一個博愛、謙卑、忠誠的人。感恩《道德經》「反者道之動」讓我知道了，對孩子要多鼓勵，對孩子多祝福，不可強制孩子，尊重我們的孩子。願天下所有母親都是和諧家庭的支柱，願天下的孩子們都能學古聖先賢，成為和諧社會的棟梁！感恩心然老師！感恩所有的母親！感恩即將要做母親的人！我愛你們！

教育好子女，培養好孩子是當今社會一個重要的課題。教育分三個階段，一是家庭教育，二是學校教育，三是社會教育，但更重要的一個是古聖先賢的教育。古代，一個女人在家庭裏起著重要作用，孝敬老人，相夫教子，是一家三代人的和諧生活的核心。

當今我們很多父母都忙於工作中，對孩子的教育卻發生了問題，父母對子女的愛，子女並沒有感受到，而成了一個壓力，兒女的心在思考什麼，父母也不清楚，是什麼原因造成了父母與孩子之間的一堵牆？

我們通過讀心然老師的育子心聲會得到啟迪，找到答案的。

心然老師放下了十年的瑜伽教學工作，專心在家培養孩子。她創辦了母儀學苑，帶領年輕的媽媽們，學習古聖先賢的教誨，用愛去滋潤孩子的心，用心與孩子溝通，啟發了年輕媽媽們怎樣去育子，怎樣做一個有德的女人。

我讀了心然老師的育兒日記受到了很大的啟發，我深信將會有更多的媽媽們讀後受益，更期盼更多的年輕媽媽做一個有德行的慈愛母親！

押手信子
日本道德經信息學會會長

序三

應心然老師之邀，為即將付梓的《我們是誰》寫點文字，提筆不禁感慨良多。

和心然相識近十年，她優雅、知性，又熱心腸、有靈性，給到我非常多的點撥和幫助。

在 2009 年我們共同編寫交大出版社《瑜伽養生課堂》、《瑜伽氣質課堂》叢書期間，她承擔了相當大比例的文字工作，她對我說了一句頗有高度的誠意忠告，言猶在耳：「魏老師你作為瑜伽老師，身邊女性多，男性少，陰盛陽衰，需要注意提升陽性能量，多和男性朋友互動。」當局者迷旁觀者清，此言令我至今仍受益匪淺，時時關注平衡陰陽能量。

後來在我事業落入低谷，遇到困難的時候，心然又及時伸出援手，雪中送炭，幫我渡過難關，我的感動、感恩之情無以言表，實在慶幸擁有如此不計回報得失的摯友。

瑜伽八支的前兩支，就是德行層面的修行，這與《道德經》是非常相通的，在心然身上，瑜伽與道融合得無比圓滿，契合大道，梵我一如。

　　心然每做一件事，總能很快地進入狀態，比如做瑜伽、做主持、修習經典、教育子女……實為靈魂有香氣的才女。她近幾年的重心在完成家庭子女教育使命，又把這件多數人認為操心勞力、被動無奈的事，變得生動有趣，她不僅開展母儀教育微課堂，還順便梳理總結，寫了本書。她的狀態轉換自如，始終活在當下，活出了真我風采。

　　關於子女教育，我曾經也想過，把給女兒小時候講的故事，彙編成一個小冊子，但因種種理由拖延下來。孩子的成長經歷，是父母學習的過程，心然的三十三篇日誌，這有溫度的文字，把我和諸多家長的夢想照進現實，相信對新升級為父母的人，將帶來非常多的助益和啟發，從對《道德經》等經典的智慧解讀中，領悟到家庭、家族文化傳承之道，修齊治平，弘揚中國傳統文化，提升正能量！

魏立民

上海哈他瑜伽創辦人

2018/4/28 上海

心然媽媽

三十三篇日誌

生命是
由每個決定組成的軌跡

今天再次收到經心老師的邀請入群共修,其實前一周已經收到但一直沒有回覆,就是因為自己還在猶豫,不願意跳出舒適圈。今天當經心老師再次讓我看清群規時,我發現了自己的這個安逸小角落,太過於自由和隨心,這或許也是小我在心中的執著,常為自己辯護。可自己說要唯道是從,但知和行是多麼遠的距離?和老師們一起精進共修是多麼的殊勝,非常感恩自己的每個小決定,感恩同修老師們的提醒,生命就是由每個決定而組成的軌跡。感恩無處不在,感恩無處不有,每日寫感恩日誌留下生命的色彩是件多麼美好的事。謝謝大家給我成長的空間,心然愛大家!

孩子讀書
志在聖賢

今天在聽傳統文化光碟，聽後感悟頗深，其中一句話是說人能弘道，非道弘人。弘道要熱情努力，上周在香港開啟了第一次的親子活動結緣《道德經》，其中有一位家長是港大教育博士生，他也從未接觸過《道德經》。弘道是一門藝術，我越發感受到傳承經典是教育的第一等大事，孩子讀書志在聖賢，給孩子們傳承經典從家庭教育開始，身為中華民族的後代，傳承文化也應是我們每個人的使命。童蒙教育是一件偉大的事業，心然立志要專注在此。感恩有幸與道結緣，品味到人生的美妙和生命的真諦，期待與更多的老師們攜手共進，共同推進童蒙養正的教育之路。

道是淡之無味的，我們要從無味中去品味，孩子天性好奇好動，最好每天都有新鮮的吃的和玩的，這方面我很少動腦去變花樣迎合孩子，或許我更願遵循道的樸素。但在孩子思想上、心田上我卻願意去悟，去悟一點愛，去悟一點感恩，然後讓孩子們也學著在平淡中去悟生命的美好。感恩發現母親平台讓媽媽們成為快樂書童。

內心篤定
才不懼風浪

　　昨天邀請一位對孩子教育感到無助的母親誦讀《道德經》，這位母親說沒有時間，她現在最想的就是讓孩子學好英文，身體變好。在微信中我看到她回覆了這幾句話也沒有再向她推薦，信不足焉有不信焉。在道信的這艘船上，我們划槳人先要讓自己認清方向，把自己先修煉好，其他一切隨緣而生。內心篤定才能不懼風浪，道法自然方可天長地久。感恩拒絕我的人，讓我更加精進前行。

父母的愛
是連著根的

　　昨日父母來港，因女兒前幾日發燒，媽媽看了滿眼淚水。父母的愛是連著根的，即使對我們的下一代也是如此，我覺得自己是如此幸福，一直在父母的呵護中成長。可是現在真的不知拿什麼回報父母。他們的滿足就是在愛我們的孩子中，並且是毫無條件的，這不就是道嗎？老師讓我們孝順父母，就是讓我們畫一個圓，這樣才是圓滿的人生。這也是道法自然，不孝順父母就是失道失德，在道的規律面前，我們需要更多的敬畏、感恩和誠服。當我們能孝天下父母時，愛就無處不在無處不有了。感恩人間有真情，大道育真人。

用道心
去品味生命

　　今日啟程前往美國，心裏多了一件事就是寫感恩日誌，因是自駕遊，故不知在外網路是否通暢。目前已寫了五天，感覺對自己是非常有意義有價值的，除了能和一群精進的道信家人一起學習共勉，更重要的是養成了每日觀照三省吾身的習慣。因要形成文字，需要對一天進行回顧，保持覺知，用一雙感恩的眼，用道心去品味生活的美妙。感恩在路上，遇上未知的自己，感恩同在。

《道德經》
可以把童話帶到心中

　　昨日順利抵達美國西雅圖。這裏的房子多是各種不同造型的木屋，沒有太多的高樓大廈，城市裝點得猶如我們夢中的童話世界。漁人碼頭的第一家星巴克咖啡店排成了一條長龍，街上各種藝人在自由演奏，人們在採購聖誕花和各式糖果點心，一派祥和的景象。此時我在想，我們心目中的童話世界需要到外國來找嗎？中國人的童話世界在哪兒呢？但在我的記憶中，安徒生童話和迪士尼已成為了我們從兒時起對童話的認識和嚮往。中國人的童話世界其實在流傳幾千年的經典《老子》第八十章小國寡民中早已描述出來了：「甘其食，美其服，安其居，樂其俗。鄰國相望，雞犬之聲相聞，民至老死不相往來。」此時，我心中感慨萬千，讀過童話故事的孩子們很多，但有多少孩子讀過《道德經》呢？它可以讓孩子們把童話帶到自己的心中，隨願創造自己的生活，童話並不是幻想世界，而是我們一生要追求的生命境界。

想起出門前，媽媽特別交代，美國很亂，要小心一點，因為政治新聞總是報道一些負面的消息。其實不然，親自體驗才是最真實的。片面的認知會讓我們的內心產生恐懼，所以我們學習《道德經》就是認識瞭解生命的全貌，這裏才有幸福的源泉。非常感恩自己能有幸結緣並帶著經典上路，帶著平和、喜悅、感恩和祝福，祈禱更多的人能走進《道德經》，只有唯道是從方能走進自己的童話世界，祈禱世界大同，道德三界安平泰。

自由是
以發現自由的潛能為前提

　　昨天我問朋友，世界名牌大學排名是怎麼產生的。因此行計劃到華盛頓大學和史丹福大學參觀，對此方面的知識瞭解甚少。後來朋友講主要是看對人類的貢獻，培養多少諾貝爾獎獲得者和師生比例等等。聽後我肅然起敬，其實與其說追求世界名牌不如說是在追求生命的品質，因為站在人類命運共同體的層面才能實現真正的發展和平。

　　我特別關注的是很多名校都有神學院和生命科學院，這都是人類對自我認識的很重要的途徑，在美國還有一個特色的學校是魔法學校。這些也都有助於我們對生命真相的認識和瞭解。

　　《道德經》中說「玄之又玄，眾妙之門」，一個人的自由是以發現自己的潛能為前提的，生命價值的實現以修德為根本，道法自然是最永恆的定律，學習中國傳統文化是心靈的覺醒。

孩子們的
自信心最重要

今天是聖誕節，波特蘭的街道上人很稀少，我們去的餐廳服務人員也很少，但他們臉上綻放的笑容卻是非常燦爛的。朋友說他們不會因為自己是服務生而覺得低人一等，因為他們選擇的都是自己喜歡的工作所以很開心。從小父母們大都尊重孩子們的感受，孩子們的自信心是最為重要的。尤其是這裏的老人，他們仿佛沒有年齡的限制，從服裝到心態一直保持年輕氣息。這裏氣候寒冷，晚上五點天黑，早上七點才天亮，開心生活快樂工作，這就是大道至簡。

寒風中的唯一盛開的小菊花，黑暗中指引前行的燈塔，海洋世界裏微笑的彩虹魚，孩子們盛開的燦爛笑容，自然天地擁抱一切的存在，美無處不在，感恩無時不有。

道是生命的
終極關懷

　　今天車子已行駛到美國加州，看到衝浪愛好者們牽著狗，迎著風，駕著浪，波濤滾滾很是壯觀。只見一艘小船在浪尖上起伏，超越自我的弄潮兒享受到了天人合一的樂趣、極限、潛力及無限可能，看著都覺得生命的體驗是如此豐盛和美妙。

　　我又想起了《道德經》中所說的「人法地，地法天，天法道，道法自然」，這是老子給予人類最大的榮耀。人和天地宇宙同稱為四大，域中有四大，而人居其一焉，道大，天大，地大，人亦大，這就是我們每個人生命的真正價值。所以說道是生命最終極的關懷，朝聞道夕死可矣。學習《道德經》，領悟生命的真諦，品味超然物外的與道合真之境乃人之幸事。

大道自然
等著您

　　今日抵達舊金山，此行共有一千多英里，老子說「千里之行始於足下」，歷經千年此經典之句仍歷久彌新，現在用腳踩著油門也是從足下開始，古人只用雙腳，也可行千里，可見此無上的信心和毅力。《道德經》中還有一句「天網恢恢疏而不失」，在美國連上網絡就可以和國內的信息相通並準確無誤。現代科技無論如何進步發展，可是原理卻不曾改變，其根本就是道，道就在我們身邊，就在我們的生活中，學習《道德經》讓我們回歸本質，創造美好的生活。

　　我在美國最美一號公路上感受到了天地相連的大美，許多房車停在路旁，以大地為床，以天地為被，以海為音樂享受愜意的自然風光。生而不有，為而不恃，只要我們願意，大道自然一直在等著您。

告訴孩子
經典是甜蜜無比

　　近一周的美國西部之行，我和朋友的兩個男孩加上自己不到三歲的兒子一路同行，除了有說有笑更多的是聽孩子們在爭吵，這是我的，這個給我，我要這個，我要那個。我們父母就談起教育，談到中美教育的不同和利弊，讓我對各國的文化有更深的瞭解。其中感受最深的是關於猶太民族的教育，特別是對孩子的啟蒙教育，他們的孩子在出生時有一個禮儀就是在《聖經》上滴上幾滴蜂蜜讓孩子們用舌舔，以此告訴孩子們經典是甜蜜的，傳承經典是家家戶戶的傳統。中國家庭在孩子生日時，除了請客吃喝一頓，很少會把經典傳承給孩子們，甚至很多家庭從未接觸過經典，問起老子寫過什麼書，真的有很多人回答不上來。

　　猶太民族是世界上古老的民族之一，人口僅佔人類總人口的 0.2% 的民族孕育出許多傑出的人才，值得我們深思和學習。二十世紀諾貝爾獎獲得者中，猶太人佔 1/5；全美二百名最有影響的人中，猶太人佔一半；全美名牌大學教

授，猶太人佔 1/3；全美文學、戲劇、音樂界的一流作家，猶太人佔 60%；全球最有錢的企業家，猶太人佔一半；福布斯富豪榜前四十名中，猶太人佔十八名；還有一大批偉人：馬克思、達爾文。猶太人中流傳著一句話：「不做背著很多書本的驢子。」猶太人不僅非常重視知識，而且更加重視才能。他們把僅有知識而沒有才能的人喻為「背著很多書本的驢子」。他們認為，一般的學習只是一種模仿，而沒有任何的創新，學習應該以思考為基礎。思考是由懷疑和答案所組成的：學習便是經常懷疑，隨時發問。懷疑是智慧的大門，知道得越多，就會懷疑得越多，而問題也就隨之增加，所以發問使人進步。正是基於這種認識，猶太人家庭特別注重與寶貝的思想交流，寶貝一直受到成人的教誨和指導。寶貝們可以同成人談話並討論問題，偶爾成人還會同寶貝們纏個沒完，意在引導他們投入到學習與研究上去。無疑，猶太人出名的口才和智慧測試中的高分同這一點不無關係。

好的教育應
讓人變得更自由

　　非常贊同一句話，好的教育應是讓人變得更自由。現在關於自由的話題提得更多的是財務自由和時間自由，這已經是令人羨慕的了。但大家也都知道自由得來之不易，因自由絕不是別人給的而是自己創造的。最近特別關注猶太人的教育，更加確定了傳承經典、誦讀經典是通向自由的必經之路，因為經典是讓生命自由的途徑，這份智慧需要自己去領悟，去花時間練真功夫，這不是金錢想給多少就給多少的簡單得到。

　　猶太人家庭的寶貝，幾乎都要回答這樣一個問題：「假如有一天你的房子被燒毀，你的財產被搶光，你將帶著什麼東西逃跑呢？」如果寶貝回答的是錢或財物，母親將進一步問：「有一種沒有形狀、沒有顏色、沒有氣味的更重要的東西，寶貝，你知道是什麼嗎？」要是寶貝回答不出來，母親就會說：「寶貝，你要帶走的不是錢，也不是財物，而是智

慧，因為智慧是任何人都搶不走的，你只要活著，智慧就永遠跟著你。」猶太人世代相傳這樣一個問題，其實是很有用意的，既是在引導寶貝形成正確的人生觀，也是在提醒自己，時刻把對寶貝的教育重點放在內在素質的培養上。

遇見
未知的自己

　　時間過得真快，一年又將結束，一年又將開始，這開始和結束如果善始善終，那麼生命留下的只有精華。這一年裏我的成長在哪裏？似乎沒有什麼特別值得一談的，但明白自己的方向就是以傳承《道德經》為使命時，一切就變得更加簡單和篤定。這一年我在網絡上堅持講學、聽課、和志同道合者共修，最大的體會就是人不是孤立存在的，道是一個場能，是我們每個人都充分發揮自己的特長，無私奉獻的精神所共同凝聚而成的，道是損有餘而補不足的，所以道是平衡的藝術。平衡是自由的前提，這也是教育的本質，在自由中體會超然的妙境，不為外界所擾，我們的我和欲望需要用無我和博愛去平衡，因而在孩子的人格形成期，自我的意識過強，需要我們用無我之心讓孩子學會博愛的真理。「聖人不積，既以為人，己愈有；既以與人，己愈多。」把道落實在生活的點點滴滴中，讓孩子們也把道放在心中將是彌足珍貴的。感恩道的造化，讓我遇見未知的自己。

踏進生活之河
毫無懼色

今天在看央視的元旦晚會，很是歡喜，中國建造的港珠澳大橋令人振奮，主持人和邀請的幾位國際友人的英文對話再一次讓我們感受到了同圓中國夢的文化自信，中國文化正在文明古國的歷史進程中再度輝煌。如果不學習中國的經典就不能真正深入感悟文化的魄力，《易經》、《老子》、《中庸》等經典都是生命的源泉和宇宙的智慧，知人者智，自知者明，一個受過教育的人，是一個學會學習、自我導向的終身學習者，一個有權利自由學習，同時也有能力自由學習、面對未知勇敢探索的人。而教育的目的正在於此，泰戈爾曾說過我們將通過教育幫助每一個人「踏進生活之河，毫無懼色」。學習經典的熱潮也是中華文化的復興。在 2017 年邁向 2018 年之際，感恩在傳承經典路上攜手同行的老師們，感恩您用經典之聲點亮世界，喚醒心靈。祝福老師們新年快樂，吉祥如意！

感恩
生命中的榮耀

　　元旦一大清早來到爸媽的房間問安，父母正在聽廣播——習主席的新年賀詞，當聽到「九層之台，起於累土」時，我開心地和爸媽說習主席引用的是《道德經》的經典名句，媽媽說現代人生活條件好了真的需要道德。接著我們全家人一起看央視一套直播的升旗儀式，孩子們也是第一次看，雖然沒有親臨天安門現場，但這對孩子是極好的愛國教育。當看到儀仗隊整齊一致的步伐和炯炯有神的目光時我情不自禁地熱淚盈眶，當升旗前的號角響起，當我的祖國雄壯的歌聲響起，我心中滿懷感恩和敬意。人民有信仰，國家有力量，我們的國家歷經千年卻依然煥發生機，中國人的根深深扎在道中，道的文化無時不指引著我們前進的方向，感覺自己對國家的這份熱愛是以前從未感受到的，這份情感來自《道德經》的學習，原來道是讓愛連接，從小我到大我再到無我，從愛自己到國家再到愛人類。感恩生命中的這份榮耀。

自然
是一種品質

今天清晨四點半起床，點上一炷香，打坐半小時，覺得後背脊柱發熱，精神特別好，然後讀一遍《道德經》，欣然地感受到自己對道的情感越來越深。曾經和朋友們分享《道德經》第一章時講到我們要和道談一場天長地久的戀愛，因為只有在道中才能永恆，正如童話故事中講到王子公主從此走向幸福的生活，走進眾妙之門，永遠都是妙齡心態。清晨的網上分享我也能感受到什麼是自然的力量，原來每次講課都要備課才知講什麼，現在講課就是聆聽自己的聲音，綿綿若存用之不勤，自然而然地就有東西分享。現在更多地體會什麼是自然。在育兒的路上也希望自己能達到自然的狀態，但我更清楚地知道，自然它是一種品質，自然是一種和諧，自然是和天道相連的，自然是生而不有為而不恃的，自然現象是我們看到的結果。要達到自然的狀態需要從本質上去修，從日常生活中去活出自然的飄逸，方向對了就不怕路遠，感恩在自然大道上的真實遇見，短暫的生命將從此不同。

道是規律
瑜伽是聯結

　　昨天或許是因為用手機時間太長了，到了傍晚時眼睛感覺很乾澀，很不舒服。當意識到這個問題時，我閉眼按摩了一會兒，好像不管用，睡前我想起了瑜伽一點凝視法，於是開始一動不動地盯著一個地方，眼睛一下也不眨，直到眼淚流出還繼續盯著，感受到特別酸脹的右眼有溫熱的淚水順著臉一滴滴滑落。有人歡喜了流淚，有人傷心了流淚，我現在流的淚是沒有任何情緒的眼淚，只是一種自我療癒淚。今天清晨再一次用瑜伽燭光冥想來自我調適，發現效果很好。淚水是通道，可把身體內蘊藏的寶藏傳遞到需要的地方，感恩自己的身體發出的信號。人體本是一個神器，每個人都應成為自己的醫生。

　　這也正符合了《道德經》中所講的「周行而不殆」，生生不息的法則，生命的神奇在於道和真的自然中，《道德經》中說「反者道之動，弱者道之用」，瑜伽動作有三萬六千個也就是三萬六千法門能治人的三萬六千種病，這些都是運用

人自身所具有的道信。道是規律，瑜伽是聯結，他們都是歷經千年的經典，是人類的福音。通過修煉瑜伽我們更容易感受到道的狀態，未來我還有個心願就是讓更多的瑜伽練習者學習《道德經》，這將是一件美好而殊勝的遇見。感恩瑜伽，感恩《道德經》，感恩有您同行。

孩子
就是我們的鏡子

　　昨天睡前放著《感恩的心》這首歌給孩子們聽，女兒聽著歌忽然問我：「媽媽，勇氣是什麼？」當時我還沒反應過來，後來才想起來這首歌詞中有一句話是「讓我有勇氣做我自己」。雖然孩子只有七歲，但其實他們的內心世界已經很豐富了，我就回答說：「勇氣就是讓自己變得越來越獨立，能夠勇於表達自己真實的想法，並為夢想而不懈地追求。就像小草沒有花香，沒有樹高，但卻有頑強的生命力和感恩心。」因小草的歌我們全家人都會唱，孩子們會更好理解，然後我們就又一起唱了「春風把我吹綠，陽光把我照耀，大地呀母親把我擁抱……」這是一次多麼美好的對話，《道德經》中說「音聲相和，前後相隨」，孩子聽了什麼就會思考什麼，我們做了什麼孩子就學了什麼。孩子就是我們的鏡子，再一次讓身為父母的我們每日三省吾身。語言是無形的文化，給孩子們的世界播下經典的聲音，這顆種子將具有生生不息之力陪伴著孩子們健康、快樂地成長。感恩您的閱讀，同在。

願更多家庭
共修經典

　　今日非常隨喜如茜女士經過近一年的《道德經》共修，感悟到了如脫胎換骨般生命自主的禮物，並且很開心的是影響到她的先生也一起學習《道德經》。一個幸福的家庭，以道德為根的學習型家庭的孩子將是蒙福者，這也是父母給予孩子最好的禮物。《道德經》中講到「人法地，地法天，天法道，道法自然」，這是對人的生命最佳讚譽，讓我們知道自己和天地與道是可以合一的，「域中有四大，而人居其一焉」，生命的尊嚴就在此，現在我才體會到老師曾講說過的《道德經》是生命的終極關懷。每個人都需經歷生、老、病、死之苦，外界環境不都是如自己所想所願，三歲孩子的世界中只有自己，認為一切都是我的，不給他就哭鬧，後來才發現並慢慢接受的最大現實就是人要守規則，此階段的啟蒙教育就應讓孩子們養正。我想這個正應是正心，正心就是道法自然，道是最高的規律，這是眾所皆知的，讓孩子們從小誦讀經典，就是讓孩子們生命活出大格局、大境界的人生，在自然中自在，在自在中自由，在自由中綻放，在綻放中把愛

傳出去，從而「執大象，天下往，往而不害，安平泰」。感恩並祝福，願更多家庭共修經典，讓孩子們在經典中健康快樂幸福地成長。

道心育兒
方可大自在

　　今天是周末，而且天氣也不太好，就讓孩子們在家裏玩兒，我嘗試用微波爐和烤箱做了孩子們愛吃的薯片和意大利麵，滿心歡喜地期待孩子們能多吃些，可是孩子還是像完成任務一樣。現在的孩子們好像都對吃沒有什麼興趣了，或許是太多吃的，太多選擇了。我自己的飲食是很簡單的，有什麼吃什麼，可是有時總希望孩子能多吃點，這或許也是欲望。在《道德經》中說到「是以聖人為腹不為目」，聖人（吃東西）是為了肚皮而不是為了眼睛，今天在面對飲食的問題上我再一次想到老子的教誨，孩子餓了自然會去吃，不需太刻意做各種花樣讓孩子們選擇，人一不小心會成為自己欲望的奴隸。與其變著花樣做吃的，或許培養孩子的一顆清淨心和讓他們參與勞動創造才是他們真正快樂的源泉。感恩道無時不在的指引，去彼取此，不偏不倚，感恩孩子們讓我每天照見自己，完善自己，用道心育兒方可大自在。感恩您的閱讀與同在。

父母的言傳身教
就是種子

今天下午我開心地當了一回園丁，很慚愧真是第一回。按媽媽的吩咐給菜地的菜澆水，二百多平方米的院子裏被爸媽種上了香蕉、桂圓、石榴，還有地瓜、辣椒、絲瓜等，這個季節已經看到小小的果實掛在枝頭了，真是歡喜，期待著收穫的心情很是美好。這次帶爸媽到香港動植物公園，他們特別喜歡百草園，那裏有各種各樣的草藥。因為多了一片地需要管理，我的父母為了讓家裏的花園四季芬芳，到處研究種什麼好，什麼最養生，現在院子裏就種了很多的艾葉，我可喜歡了。有時，我在想自然真是偉大，播種什麼就收穫什麼。今天我只做一件事，用水澆地，可是因爸媽他們種了不同的種子，所以我們將共同迎來收穫的季節。是呀！其實父母最重要的就是播種，父母的言傳身教就是種子，我們要想讓孩子愛看書，自己也要熱愛讀書，我們要讓孩子們學習經典，自己也要先學，我們想要孩子勤儉，自己也要先做到。大道就是土壤，父母們每日都在播種，只是有時還沒有覺

知，每天愛生氣的父母，卻生氣孩子愛生氣，要想孩子有好的性格，我們父母就應該讓自己的性格變得更好。所以父母們自我的修正是最重要的，這就是在培育優良的種子，這也是《道德經》所說的「不言之教」。感恩純樸善良的父母們愛的澆灌，感恩自然大地生養萬物，感恩土地裏蘊藏的無限生機和寶藏，感恩陽光雨露讓一切生生不息，感恩您的閱讀與同在。

醒來
就不做夢了

　　今晨，女兒起床說媽媽我不想睡了，我一看時間才三點多，然後問她時間還早為什麼不想睡覺。女兒說不想做夢。我又問做什麼夢。她說噩夢，她說怕睡覺又做噩夢了。我摟著女兒說，夢是假的，剛才你夢到什麼了。女兒說記不住了，但還是害怕。「媽媽，人為什麼會做夢？」女兒的這一問忽然使我清醒過來，我說夢是一種記憶，大都和過去經歷的事有關，所以我們要做好夢就要做好事。然後我就放了一首歌曲《世界因我而美麗》，我說，聽美好的歌曲，做對別人有益的事，說吉祥的話都會讓我們做好夢。本想說到此女兒就可以伴著音樂美美地睡覺了。可女兒還在繼續追問，「媽媽，那我們怎麼才能不做夢呢？」我想了想說，醒來就不做夢了。但有些修煉的人很厲害，他們睡覺時做夢但很清醒，知道自己在做夢，所以不會當真，所以就不會害怕。女兒好像更有精神了，說：「那我也想成為這樣的人。」我說可以呀，先珍惜眼前的人、眼前的事，珍惜當下的時光，現在抱著媽媽睡覺才是最重要的，女兒這才安心地入睡了。現

在想想孩子的問題其實蘊藏深刻的哲理，如果就簡單地回答「別瞎想了，快睡吧」，或許孩子也能睡著，可內心還是不安的。面對孩子的問題，做父母的除了認真傾聽，還需要為孩子們播下一顆力量的種子。因孩子們還小，需要父母的依靠和安全感，我們在陪伴中一點點放手，孩子們從母親的子宮裏出來，雖然睜開眼睛看外面的世界，但還未真正醒來。教育就是一種喚醒，如果我們自己還在睡夢中又如何喚醒他人呢？進入新世紀，我們擔心的不再是溫飽的問題而是心靈的問題，相信這是生命的等級在提升，所以身為父母的我們更應關注孩子的心靈成長，涵德養慧。正如《道德經》中所言「大道廢有仁義；智慧出有大偽；六親不和有孝慈；國家昏亂有忠臣。」感恩我們這個偉大的時代，感恩喜歡問十萬個為什麼的孩子們，感恩祖先博大精深的智慧，感恩您的閱讀與同在。

病菌一直
都在我們身邊

今日陽光明媚，下了幾天雨，天空仿佛更加藍了，因天氣變化許多孩子感冒咳嗽，我家孩子也不例外。不知是孩子們適應外界環境的能力差還是自我免疫力不強，姐姐病了弟弟也病了。細菌的感染無處不在，平時看不到，只有生病時才知道這無形而存在的物質，其實病菌一直都在我們身邊。關於病最根本的還是心，生理上的病都是常態並且較好感知，心上的病卻很難被覺察到。關於病，《道德經》中有言：「知不知上，不知知病。夫唯病病，是以不病。聖人不病，以其病病，是以不病。」知道自己不知道，是明智，不知道卻自以為知道，是毛病。正是因為承認這種病是病，所以不患這種病。聖人之所以沒有毛病，是因為他把毛病當作毛病對待，所以他就沒有毛病了。現實中很多人都不願意承認自己有病，其實生而為人，生病是正常的，接納自己的病，病就不會成為我們的困擾。所以在孩子生病的時候，我們要從心理上給孩子們力量，讓他們不要害怕，告訴孩子每個人都會生病，媽媽也會，身體病了是需要我們去愛護它，多休息多喝水，我們要和身體說對不起，讓孩子們正確地面對自己

的疾病也是生命的功課。教育無處不在，感恩疾病讓我們謙卑，讓我們學會更好地愛自己，敬畏生命，感恩一切。

道就是
做該做的事

　　時間是什麼？時間是道。道是什麼？道就是做該做的事。這是我和女兒昨晚睡前的對話，只是發問者是我，女兒是回應者。女兒的回答出乎我的意料，原來我和她討論過時間，我只說時間是金錢，時間是流水。對女兒的回答我獎了一個大大的吻，並對她說這個答案真是太妙了，媽媽很喜歡，媽媽要把這句話記在本子上。女兒今年七歲，因為平時經常聽我讀經，女兒的這句話讓我感受到了道法自然的力量，相信在女兒的心裏已播下道的種子。這也是我的心願，讓孩子們把道放在心中，這也是文化的傳承。在我的家裏有一個愛的角落，是孩子們犯了錯誤就坐在那兒自己反省的地方。記得當時我和女兒一起討論時寫了一個「愛」字在中間，女兒說四周還要寫上道字，我說為什麼，女兒說愛就是道，道就是愛。當時的我滿心歡喜地寫下了道這個傳家寶。有人說道深，有人說道遠，我想說，孩子們天生都具有道信，只需要我們父母去發現，去遇見，道就在我們每個人的心中。道會天天等著您！感恩大道母親，感恩天下母親，感恩傳承大道，感恩您的閱讀與同在。

生活給予
我們很多啟迪

最近發現每日寫日誌真是一個好習慣，生活日復一日仿佛平平淡淡，其實生活給予我們很多啟迪，自然也給予我們很多財富，每日靜心十分鐘，回顧一天的過程，省一省，悟一悟，寫一寫是給生命最好的禮物。如果說孩子們是糖，父母是水，要讓糖和水相融，這水必須有溫度才能把糖很好地融化，才能品嘗這份育兒的甜蜜滋味。我想這份溫度或許就是熱情和喜悅還有一顆童心吧！但是由於工作或生活的壓力，我們常常會忘記這寶貴的溫度。今天給孩子洗完澡，兩歲多的寶貝說要自己穿衣服，可是天氣冷他還在感冒，我就趕緊順著幫孩子穿衣服，孩子不開心了又把衣服脫下來說要自己穿，穿了好一會兒也沒穿上。按照孩子的性格，如果硬要給他穿非哭上幾分鐘不可，於是我就想和孩子玩穿衣服的遊戲吧，我說現在小腳要溜滑梯啦，左腳滑左邊洞洞，右腳滑右邊洞洞，然後站起來一拉，太棒了，成功啦！整個過程孩子非常積極地配合，而且穿完後孩子很開心地說：「看！媽媽我會自己穿褲子啦。」原來孩子拒絕幫忙是想要證明他

自己也可以做到。遊戲是孩子最喜歡的方式，可是大人們都太認真，孩子們常會覺得大人們很無趣。原來常聽人說遊戲人生，一開始對這話不太認同，現在想想，只有用遊戲的心去生活才會多點樂趣，人和人之間不必要太較真，爭個你對我錯，你死我活。遊戲的心在意的是過程和互相陪伴的時光。《道德經》第五十五章講「含德之厚，比於赤子」。人若能返修到嬰兒狀態，生命將是充滿活力和朝氣的，找回我們每個人本具有的赤子童心，和孩子們一起成長將是一件多麼美好的事。感恩靜心的時光讓我找回自己，感恩孩子在拒絕中成長，感恩童心在陪伴自己，感恩您的閱讀與同在。

歲月將成為
我們的見證和禮物

　　今日很開心，近二十年的好友來香港看我，幾年不見，我們除了感受到時間的飛逝，更幸運的是各自找到了人生的使命，我們感恩歲月所安排的一切，亦包括當年認為令人心酸的往事。現在回憶起來，最彌足珍貴的是我們從外求轉向內求，從期待遇上一個更好的對象到遇見一個更好的自己。從向內尋找答案的那天開始，生命就在發生變化，而且是我們都希望的變化。《道德經》第一章中講到「故常無欲，以觀其妙；常有欲，以觀其徼」，其實我們越向外求欲望越多，越會覺得力不從心，只有向內求才能找到真正的力量源泉。好友說這幾年最大的收穫就是讓自己醒來了，更令我讚嘆的是她的皮膚比十幾年前還白淨，歲月並沒有在她的臉上留下無情的痕跡，而是賦予了她全新的升級。在物質的世界中我們選擇追求心靈的回歸，歲月亦將成為我們最好的見證和禮物，相信真善美一直都存在，把它們根植於心，這樣的生命將永不褪色而歷久彌新的，這也是道的狀態，無限極才是生命的真正追求。感恩歲月陪伴我們成長，感恩好友見證生命的回歸，感恩您的閱讀和同在。

自然的
最長久

今天女兒問我錯誤為什麼是好的，我說因為人都是在錯誤中成長的。記得上次我們一起去科技館做的關於火車輪的測試嗎？第一次不成功，第二次還是不成功，第三次就成功了。沒有前面兩次的實驗就不可能有第三次的成功。所以做任何事都不要著急。那什麼是成功呢？我想了想說，《道德經》第二十四章講「企者不立，跨者不行」，於是我就把腳立起來走，然後又大跨步地走，又問女兒你覺得這兩種方式能走很遠嗎？女兒說跨步可以走得快，我說是呀！跨步雖然快但走不遠。我們平時正常的走路姿勢就是最成功的方式，也是最自然的方式，自然的最長久，孩子會心地笑了。講到此我才發現《道德經》真是大道至簡，其中的很多比喻句孩子們其實是可以理解的，這是我第一次引用《道德經》句子來啟迪孩子，原來只是讓孩子讀，今天忽然覺得其實孩子的想像力比我們成年人好得多，悟性也高，學習《道德經》也是自然之事。老師說《道德經》是生命的使用手冊，是人人都可以學並且家家都需要的。感恩《道德經》讓我走進智慧

的海洋，感恩老師們的引領讓我結緣《道德經》，感恩志同
道合的同修一起證道，感恩您的閱讀與同在。

　　最近常關注育兒方面的文章和書籍，發現許多父母對孩
子有太多的擔心，這份擔心也可以叫作愛，但擔心的愛卻是
一種負能量，並不能解決實際的問題，反而會讓問題升級。
記得有一次兒子在洗澡，我正擔心兒子的頭碰上浴缸的水龍
頭，話還沒說出口，就聽見兒子哇哇大哭，我還來不及保護
孩子的頭就真的碰到水龍頭上了，真是越擔心什麼越發生什
麼。正如《道德經》中所言「同於道者道亦樂得之，同於德
者德亦樂得之，同於失者失亦樂得之」。這或許也是心想事
成的秘密吧！如果我們多說祝福的話，相信孩子們，孩子就
真的做得很好。記得剛到香港居住時，孩子們除了要學英語
還要學粵語，我就常對孩子們說，媽媽以後可要靠你們做翻
譯了，因為媽媽只會講普通話。在孩子們學習語言這件事上
我真是幫不上忙，但一直相信孩子，祝福孩子，現在孩子們
的適應力很好，三種語言可以自然轉換。有時我請女兒做翻
譯，女兒就和別人解釋說我媽媽不會粵語，我抱著孩子說，

有你真好,謝謝寶貝,媽媽可幸福了,身邊多了個小秘書。
擔心是一種限制,擔心也是一種咒語,我很喜歡的一句話是
對待孩子與其擔心不如祝福。祝福和祈禱是一種高能量的
愛,是善言,是利於孩子身心靈全面發展的最簡單而直接的
方式。感恩人類所具有的語言信息,讓我們可以連接萬物。
感恩我們內在本有的智慧,相信並發現自己,瞭解自己才能
讀懂他人。感恩我們具有選擇的能力,讓我們在取捨中獲得
大自在。感恩您的閱讀與同在。

孩子
第一個叛逆期

　　現在國家允許生二胎了，應該說是一個好消息，但也有很多人不願意生，問起原因大都是說養孩子太累。想想在我們父母那一輩生兩個是最少的，一個家庭養六七個孩子很正常，而且那時生活條件也不如現在，但卻很少聽家長說養孩子累的。父母在外工作孩子們互相照應，記得小時候家務都是分工合作的，我在家最小事情做得最少，但哥哥姐姐都是爸媽的好幫手，也是我的好榜樣。或許現在養孩子最累的就是，孩子們只顧讀書學習，很少會幫助父母做事，或者說是父母心疼孩子不讓他們做事。孩子們的能量沒有地方消耗就在家庭裏內耗，不僅要爭父母的愛還要爭東西並且還想要公平。父母每天忙完自己的事，還要處理孩子們之間的關係。我們家的兩個孩子也不例外，每日都有不同程度的爭吵，特別是兩歲多的弟弟，看到姐姐有什麼都想要，拿不到就哭，有時還會動手。我知道這是孩子的第一個叛逆期，平時講道理告訴寶寶小手是拿來做好事幫助別人的，不是用來打人的，可對這個階段的孩子來說是一種本能自然的反抗。昨天

我勇敢地嘗試一下《道德經》中的「反者道之動」，我說寶寶不打姐姐了，是媽媽沒有教育好你們，寶寶想打就打媽媽吧，孩子真的開始動手了，可打一會兒就自己停手了，從兒子的表情上看出他很心疼我，當時孩子緊緊抱著我一言不發。或許孩子原本認為打人很開心，但每次還沒有下手就被大家阻止了，但昨天我讓孩子痛快地打，當孩子打向我時，我並沒有任何情緒，因為我知道這只是讓孩子多一種體驗，給孩子任何答案其實都是多餘的，只有他自己經歷過的才會有記憶，合理地疏導孩子的情緒並且讓他們認識和瞭解自己才是根本。物質得到滿足的孩子們更需要父母關注他們的精神世界，這也是傳統文化復興的最佳時代。感恩父母的養育之恩！感恩新時代的復興與回歸！感恩在育兒的路上一起共勉！感恩您的閱讀與同在！

最高的愛
是無條件的信任

　　昨天發的感恩日誌是關於孩子生氣後的情緒問題，很開心地收到了一些父母們的回應，有些推薦給我相應的書籍，有些說在發脾氣時冷靜處理，還有問父母在孩子面前控制不住自己的情緒該怎麼辦。今天我還在和女兒就此問題討論，為了讓孩子更好地認識自己，我做了個比喻，我對女兒說在我們每個人的心裏都有一個好精靈，又有一個壞精靈，有時壞精靈佔上風時會跑出來大哭、大吵和大鬧，媽媽會批評壞精靈，但媽媽依然愛你。我接著問女兒以後你的壞精靈跑出來了媽媽該怎麼做，孩子毫不猶豫地說只要媽媽溫柔地說話就沒有什麼壞精靈，而且我們是小壞精靈，大人的是大壞精靈，脾氣更大。是呀！孩子一語道破天機，孩子們的問題其實他們自己都有答案，需要我們父母多多聆聽和孩子談談心，沒有教不好的孩子只有不會教的父母。《道德經》第二十九章中講的「天下神器，不可為也，為者敗之，執者失之」或許是處理關係的最高境界。「為者敗之，執者失之。」溫柔的媽媽是像水一樣的善利萬物而不爭，做到這點還真不

容易。國外養孩子到十八歲就放手了，中國的父母們一直關注孩子結婚到生子，樣樣操心，為此也出現了中國特有的富二代和啃老族。育兒的路上讓我們學會無條件地愛，最高的愛應是一種無條件的信任，相信孩子們有能力處理自己的問題，才能真正達到無為而無不為的妙境。感恩育兒路上有您一起攜手同行！感恩相信這份內在的永恆力量！感恩您的閱讀與同在。

媽媽
永遠不要老

今天上午分享了一個關於孩子害怕媽媽老了怎麼辦的話題。孩子們在七歲以後會開始對生命有所思考，記得我小時候第一次看到媽媽頭上的白髮就流淚了，現在女兒有時也會用小手捧著我的臉說，希望媽媽永遠也不要老。此時的孩子對父母還處在依戀期，我就詢問，你覺得媽媽現在老嗎？女兒說不老，媽媽在我心裏永遠年輕、美麗。我就順著女兒的話回應，那媽媽再老也開心，因為只有把媽媽放在心裏才是最長久的，媽媽永遠也不會離開你。此話一出我想這或許是世界上最美麗的謊言了！關於生命的真相有待孩子自己去找尋答案，因在孩子幼小的心靈裏整個世界都是合一的，都是永恆的，若不是不得已我們還是先保守好孩子們這顆珍貴的童心和童話般的世界。因為時間會給出答案，歲月會留下痕跡，在生命的長河中他們自然會明白真相，那時的孩子也已經長大了，不再如現在這般依戀父母，一切就都道法自然了。關於死亡這個話題大多數人不願意主動提起，可是這卻是每個人都需要面對的問題，躲不掉，逃不了，那該如何是

好？《道德經》中有句話叫「慎終如始，則無敗事」，這是
生命的終極關懷。死亡也是重生，我們需要做的是留一個好
樣子，帶走一顆好靈魂，返璞歸真依自然而行。昨天得知道
信的一位佳人去世，除了感嘆生命的無常，更多想到的是她
生前的那份淡定和依然如花般的笑容，把微笑留於世間也是
生命的永恆。感恩生命的這份無常讓我們覺醒！感恩微笑讓
這個世界更加溫暖！感恩死亡讓我們更加珍惜當下！感恩您
的閱讀與同在！

從零開始
做母親

　　假期的開始，傻傻地堅持，認真地做到。不知不覺寫感恩日誌已有一個多月了，每日花幾分鐘整理思緒成為了習慣。對自己日誌的要求是能引經據典表達思想，還有就是要以親子關係蒙學教育為主題。或許是因為自己曾經是一名教師，所以一直關注教育話題，經過幾十年的探索，直到自己生了孩子當了母親後才發現其實一切還要從零開始學，因為教育也是要與時俱進的，不同時期的教育方式都會有所不同，家庭教育和學校教育也有很大的不同。唯一能夠傳承的就是能穿越時空的經典，無論科技如何進步，萬物莫不尊道而貴德。中國有句古話是棍棒底下出孝子，當今時代打孩子是社會所不允許的，許多家長在育兒路上的不知所措，這無疑給家庭教育留下一個更大的空間。其實古聖先賢早已深知人性的規律，執古之道以御今之有。傳統文化把人生教育分為四個階段，分別是幼兒養性、童蒙養正、少年養志、成年養德。當下的社會，各種教育理念風行，都有其理論依據和實踐成果，但無論何種教育理念都是在術的層面，而不是

道，傳統國學教育乃是固本培元的根本之道，是一切教育的
基礎。感恩我們的根和祖先文化基因相連，無論身在何處心
中已有取之不盡用之不竭的寶藏。感恩在文化傳承的大道上
引領自己的家人和孩子津津樂道，感恩志同道合亦師亦友的
同修們攜手同行彼此照亮，感恩您的閱讀與同在！

推動世界的手
是搖搖籃的手

今天看了朋友推薦的影片《老子出關》流了幾次淚，從古至今人類存在的問題是相同的，老子用他的聖人之志以百姓心為吾心的生命狀態，有智慧地平息了幾件恩怨。吾獨異於人而貴食母，「母」字在《道德經》中出現了好幾次，都說推動世界的手是搖搖籃的手，在和平年代，母親應盡好自己的職責，母親似道，如果母親不瞭解道又如何依道而行？

傳統文化裏的許多東西是要經過實踐才能真正體會到文字所傳達的內涵的，如果僅僅是背過《道德經》，不實踐是沒有用的，無法真正領悟到老子所講的那些妙用。但是教小孩子，還得先背過，如此，他們才有機會想起《道德經》，才有可能深讀。

昨日帶孩子在遊樂場玩，一個男孩的球剛好踢到了女兒的身邊，女兒想把球還給他，手還沒摸到球那個男孩就大叫地衝過來說：「走開，不要動我的球！」女兒嚇了一跳不知

如何是好。我本能地想保護自己的女兒，後來一轉念就對那男孩說，我們不是拿你的球是要把球還給你。接著對女兒說因為你們現在還不是朋友，不要隨便動別人的東西。於是我拿出了幾顆糖叫女兒分享，那男孩吃了一顆糖就主動把球拿出來說給女兒玩，很自然地幾個小朋友就一起在操場上開心地玩起來了。女兒跑過來說原來壞人可以變成好人，敵人可以變成朋友。我說是呀！我們要先付出先分享，不要總是要求別人對自己好，女兒又開心地把剩下的糖果分享給大家。《道德經》第八十一章講「既以為人，己愈有；既以與人，己愈多」。這應是教育真言，讓孩子們體會到什麼是智慧與和諧。感恩一切的發生讓我們有更多機會悟道！感恩付出的美好讓人與人互相信任！感恩您的閱讀和同在。

家
是修行的道場

今天和香港渣打銀行的好友一起午餐，她已是三個孩子的媽媽，從懷孕到生老三的這段期間她的職務也連升三級，真是可喜可賀。她告訴我，現在銀行的管理模式就是用關懷與愛，因為從《道德經》中感悟到了這點，目前銀行的業績很好，並且同事間相處融洽。我在一旁聽了比吃了什麼美味佳餚還開心呢。我說祝賀你品嘗到了道的美妙，客戶是根，員工也是根，管理者對下屬充滿愛與關懷，而不是每日催收業績就能讓下屬滿懷熱情真誠地去面對客戶，與客戶建立良好的信任關係，客戶就會把需求主動地告訴你們，在這個時代信息就是財富，愛就像水一樣滋養了根，那麼開花結果是自然的事。每次見面我們都津津樂道，她說《道德經》裏面的內涵真的好豐富，真的可以作為傳家寶傳給孩子們，因在香港讀書長大，後出國留學，可她說原來從未有機會接觸過中國傳統文化，現在才感受到國學的魄力。是呀！我們學過的很多知識其實僅是可以滿足生活，但是在生命層面的文化只有在經典中才能感悟到。特別是夫妻關係和親子關係尤為

重要，家是生命延續的地方，家人之間的交往可謂息息相關，生、老、病、死都需共同面對，所以說家才是修行的道場，家讓我們學會全然地愛和放下自我。家中只有尊道貴德才能順道而行，用愛與關懷去尊重孩子，尊重身邊的每一個人才能真正地走向和諧、幸福。感恩好友的分享點燃心燈，溫暖自己照亮他人。感恩國學智慧讓我們與根相連，同圓中國夢。感恩傳承文化的老師們諄諄教誨！感恩您的閱讀與同在。

更多媽媽分享

——家家有本好念的經《道德經》

心益——素行生活推廣者

　　當你真心誠意要實現某些事情時，在你身邊的人事物境可能是宇宙向你發送信息的方式，一切如是，感恩一切遇見。在我經歷了婚姻失敗、投資失誤、工作受阻之後，2016年在我三十六歲時我開始思考自己的人生道路是否正確，外在的富足不是我真正想要的，只是因為沒有安全感，隨波逐流，一路追逐，但卻越來越迷茫，越來越受挫。當我開始尋找心靈上的富足時我遇到了一群良師益友，有幸加入心然老師的《道德經》讀書會，每天在群裏聽心然老師的分享感觸很深，上善若水，為而不爭，超然物外，很想自己也能像心然老師那樣寵辱不驚，柔軟而有智慧，每次聽了都想落實在生活中，但真正遇到事情時，脾氣個性又出來了，很多道理聽進去了但自己沒有辦法做到知行合一。聽了人法地，地法天，天法道，道法自然，我開始思考我怎麼才能做到道法自然，後來遇到一群吃乾淨素的朋友，從她們身上能看到知行合一，我開始去掉葷食，立志從此吃乾淨素，選擇綠色出行，裝修家電家具一切簡約。踐行見素抱樸，去奢取淡，少私寡欲一段時間後，身心清淨了很多，對一些道理也開始有不一樣的感悟，之前是聽了就過了，現在能慢慢去體悟，慢

慢進到心裏。我開始感受到身心合一、知行合一的美妙，真正體悟到眾妙之門的意義。心然老師說，能管理自己的人才能管理別人，不管是經營家庭、事業也一樣。要齊家先修身，要修身先從小事做起，天下難事必作於易，天下大事必作於細。我開始修自己的細心細行，學習了道生萬物，對宇宙萬物有了恭敬感恩的心，珍惜每個當下，每餐飯用心做，每句話好好說，我開始過上知足常樂的生活，內心喜悅安寧。學習了無為而治，在教育孩子上也明白了修德為本，父母是樹根，孩子是果實，只有我精進了，有德行了，才是對孩子真正有幫助。學習了道無善惡，明白了一切沒有是非對錯，外在的世界都是自己內心的呈現，我開始慢慢放下了我執我見，開始學習包容接納一切。學習了善始善終，明白了一切從開始、從因上努力，才能有善終。千里之行，始於足下，每個念頭、每句話、每個行為都是一個善的開始。如今我的心靈開始成長，心安、自在、富足，心靈走在回家的路上，一切都是那麼美好，我感受到道無窮無盡的力量，感恩上天，感恩生命中的老師。

心景——經典書苑創辦人
擁有《道德經》人生不迷茫

　　我叫心景，是廣西基層的一名法律援助律師。我接觸《道德經》有一年多了，也聽了心然老師一年多的講經。一年多裏，我讀經讀得少，但凡是心然老師的課，我一般都不會漏掉，遇上觸到我靈魂深處的語音我還以文字形式記錄下來然後分享。

　　在沒有接觸《道德經》之前，我也讀過一些其他國學，比如《弟子規》、《大學》、《論語》之類的，只是讀過，沒能堅持下來。直到當下，我經常翻看的只有《道德經》了。能堅持下來應該是因為我的恩師心然老師，如果沒有她搭建的擺渡心靈書苑群，如果沒有她幾乎每天的講經，如果沒有她悅耳的語音，我不敢想像我現在生活在什麼環境中，我的能量場是什麼樣的。

　　在沒有遇上心然老師之前，在沒有感受《道德經》沐浴之前，我感覺我的人際關係很緊張，我的思維裏根本沒有「行有不得，反求諸己」，一切不順沒有想到是自己的原因，

在職場上不懂規避雷區，同事之間的是是非非也會捲進去。2009年，女兒的出生，是我人生的轉折點。從此以後，我的生活以女兒為主，一切聽從女兒的安排，開始嘗試去學做一名智慧媽媽，不斷想著法子提升自己。因為女兒的原因，我結緣了心然老師，結緣了《道德經》。

　　每天最快樂的事就是能在擺渡心靈書苑群聽到心然老師的道音，邊聽邊逐漸「滌除玄覽」，邊聽邊內觀自己的「貪嗔痴」。心然老師說每天都要讀《道德經》每天都要悟《道德經》，只是我業障太多，悟到的很微小，雖然如此，我現在的心胸也打開了不少，不再計較，面對一切不如自己心意的，我都會認為這是最好的安排。「狂妄、傲慢、逞強、貪欲」，這些與自然規律相違背的詞時常在我的腦海裏浮現，警戒我的所作所為，當我陷入自己認為很委屈的困境時，心然老師講《道德經》時的音容笑貌就在我腦海閃現，我的情緒就會得到緩和。在心然老師日復一日的講經中，我逐漸往「謙虛柔和、樂善好施、以德報怨」方向走，也漸漸在幸福中了。

葉琳 —— 道梵私塾創辦人

回想從女孩變成女人，又從女人變成母親。這一路的成長離不開經典的陪伴。現代社會物質繁華使人浮躁，作為女人如何在這樣浮躁的社會獲得內心平靜的力量？唯有經典。讀書的女人最美，這種美超越世俗，越過繁華，更有韻味。書成就了女子的靜，培養了女人的惠，孕育了母親的慈悲。我非常感恩可以放下曾經的糾結（女人到底是應該適應時代的召喚經營自己的事業還是回歸家庭做好女人的本分），在撫養兩個孩子的過程中平衡了事業和家庭，融合了一位女人和一位母親的角色。教育是女子的天職，如何將相夫教子變成可以經營的事業？這需要經典的智慧指引。在辦學堂的過程中，我收穫的不只是家庭和諧事業成功，更多的是歷經考驗後的淡然和不爭的胸懷。無限感恩！

與其說我選擇了小眾教育，不如說小眾教育選擇了我。從十五年前踏上覺悟自我之路，關注內心的成長，就注定了我一生都是小眾。一路的小眾讓我習慣了成為一個觀察者，沉默地在世間沉浮……

　　從 2015 年 8 月的清心課開課第四天我先生就和我提離婚，當時他的原話是：「花這麼多錢去雲南山裏學習，你瘋了吧？我無法和一個瘋子繼續生活，要不立刻回來，要不離婚。」（因為名額是他人臨時轉讓的，我當時正在天目山裏，沒時間見我先生，直接從天目山去了會澤。）如果他開課前三天提，我就直接退款回家了，他正好第四天提，我進退為難。最後決定要是這樣就離了，說明這婚姻也太不牢固了。既然來了，總要學點東西回去，否則不但浪費了錢還浪費了時間。於是每天學得特別認真，山長的課也特別給力，他全是用心在講課，因為我是一個不會用腦的人，如果聽一些不落地的大道理我一定呼呼大睡。而我居然二十一天每一秒都把眼睛瞪得大大的，連眨一下都害怕錯過精彩。最後劉老師的心靈冥想更是讓我打開了和高能量連接的管道。從此沒有焦慮，內心篤定。而且神奇的是，居然用心講的課也讓我學會了用腦。回家後發現思維提升了（這是以前從未經歷過的）。我先生以前不愛和我說話，說我沒有腦子。回家後我和我先生的溝通從每天五分鐘到每天一個小時。以前都是

我主動溝通，他總覺得不同頻，而現在我先生遇到各種問題都會主動和我聊。我對孩子的教育也從亂元思維教孩子到了會動腦筋想辦法、設置場景等心腦結合的境界。

　　接觸新教育這兩年我遇到的挑戰比我活了三十多年遇到的總和還要多，一路上因為我的堅持我得到了很多，同時也捨棄了很多：我轉讓了我的兩家瑜伽館；在我和我先生共同創業的公司最需要我的時候毅然退出並走上辦學之路；我捨棄了本來在健康領域可以走向人生更輝煌的自我成就之路，而選擇甘為人梯成就他人的教育之路；我學會了不爭；懂得了大道無言……

樊菊峨 —— 中華母教公益微課 大講堂推廣老師

　　我致力於中華母教的推廣和傳播近十年，於 2015 年三八節建立了中華母教微信群，至今有三十一個群近一萬家人。

　　兒女教育之根本是父母教育，如木有本水有源。家庭是人成長的原點，而家庭教育中以母教為要。我陸續開展了：中華母教公益微課大講堂，每天十分鐘爸媽天天「煉」讀書活動。成立了中華母教講師團，並在千聊直播平台開播「中華母教講堂」：中華母教、女德母道、五行性理、善教兒女、全腦教養系列課程。

　　在帶領家人學習中認識到「本不立源不清則裹足不前，固本清源在於建立個人道德，尤其是女德」，「王化出自閨門，家利始於女貞」，涵養女德正心歸位，利己利家利國利民！在信息爆炸的今天修習女德堅固父母根基尤為重要，「中華母教女德習苑」群應運而生。

　　道不遠人，此時緣識心然老師，並參與到心然老師搭建的「擺渡心靈書苑」群學習《道德經》。

　　心然老師致力於《道德經》的學習和推廣。與心然老師雖未曾謀面卻已是熟悉於心的親人了，當每一個早晨來臨時點擊開音頻條，熟悉的聲音傳入耳中：尊敬的擺渡書苑的各位老師們、同修們、姐妹們，大家早安，吉祥！今天我們繼續分享《道德經》……

　　熟悉溫婉的聲音在每個早晨如清泉水一樣流淌著，這聲音已與道合一洗心暖心化心……聲音有時會夾雜著小寶貝的說話聲，有一次還聽到了女兒的咳嗽聲……真！這讓我感到了「修之於身，其德乃真」。

心然老師在一封家書中寫道：

「昨天發生了一件讓我非常感動的事情，中午帶兒子睡覺的時候，我唱歌給他聽。有時候他喜歡聽《西遊記》，我唱《西遊記》的主題曲，然後我還唱了一首《小草》：沒有花香沒有樹高，我是一棵無人知道的小草，從不寂寞從不煩惱，你看我的夥伴遍及天涯海角……

「唱著唱著看到小傢伙在抹眼淚，兒子說：媽媽我就說一句話可以嗎？我哭了。兒子不到三歲，我還沒反應過來，再看一下眼睛裏面閃著淚花。他說：媽媽我都要哭了。我當時非常非常感動，因為我知道兒子他聽懂《小草》這首歌的意思了。晚上我又問他中午媽媽唱歌你哭了，你是因為媽媽唱歌你很感動還是那個小草讓你感動，兒子說小草讓他感動。本能！自然是我們學習的對象，當我唱《小草》時，他就真的眼睛裏面噙著兩滴眼淚，哇！我感覺那真的是赤子之心！

　　「孩子的這顆心太寶貴了。作為母親的我們有沒有發現孩子的這個心？有沒有走進孩子的這個心？

　　「在孩子睡覺的時候，都是說『到睡覺時間了趕快睡覺』，用強硬的方式讓孩子在壓力中入睡。要不就說『警察來了還不睡覺，警察要把你抓走』，用這種方式讓孩子在害怕中睡覺。如果我們用另一種方式，譬如讓孩子在感動中睡覺，這就是我們作為母親要去思考的。如果我們像水一樣，我們就會用各種方式在孩子吃飯的時候啊，睡覺的時候啊，把教育如水般滲透進去，讓孩子感悟人世間的真善美，那他的內心就會有濃濃的愛，那麼他的語言行為都會流露出水的品質，因為愛能夠讓一切流動。」

　　這不正是中華大地稀缺的「本立源清」的女德母道？識社會者為俊傑！以心識天理，以身順應天下大勢。

當然順應並非趨炎附勢，能察時事辨明天理者也非泛泛之輩。當今中國天道昭昭，正是人才輩出的好時代！

　　不怕有才就怕無德！德配天地才是國之所需！昨天有家人問我：樊老師何以要提倡「女德」？

　　提倡「母教」大家似乎都沒有異議了，那「母教」是什麼？狹隘的理解就是母親教育孩子盡母職。

　　盡母職不就是把孩子教育好嗎？如何才能把孩子教育好？什麼是「好」呢？如果一個教育者對「好」沒有概念，又如何去實施呢？

　　所謂「好」自然是人的自然屬性合乎自然身份，社會屬性合乎社會身份。

　　對於女人的社會身份就不多說了。就自然屬性來說結了婚的女人，一個身份是妻子一個身份是母親。「女德」就是告訴你如何在妻子的本位做好妻子，如何在母親的本位做好母親，如何在大家庭關係中盡好自己的本分。

　　我們都知道家庭穩定對於孩子成長至關重要。傳統文化中的「五倫」闡明了人間所有的關係。「五倫」中最重要最基礎的「一倫」是夫婦有別，而夫婦關係中決定權在婦不在夫。所以說「天下太平大權女人家操持了一大半，女人是天下太平之源」。

　　由此可知，「女德」是「母教」得以有效的保證！是家和萬事興的根本！

沁諭 —— 福慧女子學堂創辦人

2016年春，在西雙版納古老的曼掌村，我許下願望，收穫了一顆菩提種子，2018年春，我的小菩提種子沐浴陽光雨露欣然長大！

時光好似白駒過隙，還沒來得及記錄寶貝成長的點點滴滴，轉眼間，我的小袁寶已近一歲半了！

記得那是甲午年春天，我有幸接觸女德書籍《女四書》，讀完第一本《女誡》後，我的內心觸動很大。天乾地坤，身為女子要回歸本位，效法大地，懂得相夫教子，上善若水，厚德載物。周朝三太因為從胎教開始用心培養孩子，成就了三代賢德的帝王，從而使周朝享有八百多年的太平盛世。那時，我才如夢方醒。原來，培養好後代，才是女人最大的事業！回頭看看身邊，一群累得半死的女漢子，她們和男人一樣忙著打拼外面的事業，家裏是天不清地不寧，生活很不幸福。我想要做好教育，就得從根上抓起。當時便發願，潛心去學習並傳播女學，於是就創辦了福慧女子學堂。

　　「人有善願，天必佑之。」就在學習和傳播女德經典的公益活動中，我迎來了期盼已久的二寶，我想這是老天送給我的一份珍貴的禮物。於是，我日日給他誦讀經典，時時懷著一份感恩與祝福，滿懷著美好的期待迎接他的到來！

　　2016 年秋，小袁寶呱呱落地，給了我又一次做母親的機會。「蒙以養正，聖功也。」用經典來滋養孩子，用愛與智慧來陪伴孩子，成了我每日的功課。剛滿月的小袁寶，時常舞動著小手，「咿」、「呀」、「安哥」地找人聊天，十分惹人喜愛！三個月時，就特別愛笑，那「咯咯咯」的笑聲，讓一家人都沒有了煩惱！

　　半歲時，他能清楚地發出爸爸媽媽的音，喜歡滿地爬，還喜歡坐在床上翻各種書。當然，靠在媽媽懷裏聽音樂聽故事是最美妙的親子時光。九個月的小袁寶，就學著爸爸的模樣，拿著毛筆在宣紙上塗鴉，還常常在自己的小臉和衣服上作畫，有時，他把自己畫成了一隻小墨猴，逗得我們一家人

哈哈大笑。看到他畫得那麼起勁，我們從不去打擾他。是呀，有什麼能比得上保護孩子探索事物的興趣和好奇心更重要呢？

　　小袁寶滿一周歲那天，我們特意為他做了一場抓周儀式。袁爸爸找來了一本書、毛筆、尺八（樂器）、金鑰匙、佛珠、玉石，我們滿懷期待地看看寶貝會選擇什麼。哇！剛一放開手，小袁寶飛快地朝著目標爬過去，毫不猶豫地抓起了毛筆，舞動起來，不亦樂乎。袁爸說，這也許是偶然，再來一次試試。結果，三次，寶貝都抓了毛筆！我們不禁感嘆：家庭氛圍，父母的興趣，對孩子的影響如此之大！

　　近來，小袁寶的語言發展特別快，很喜歡表達。於是，我們每天上下樓梯時，都帶寶貝數數「一、二、三……」，每天早晚，給他讀唐詩和《三字經》。帶寶貝出去玩，見到什麼就指著告訴他：「寶貝，雨，下雨了！涼涼的濕濕的雨。」「看，花，紅色的花，柔軟的紅花！」孩子的記憶力是神奇的，才重複了幾天的工夫，不到一歲半的小袁寶可以

跟著我們從一數到二十，可以讀完古詩《春夜喜雨》。外出去玩，他面對陌生人，能根據他們的不同有區別地叫出爺爺、奶奶、姨媽、阿姨和姐姐妹妹。真是非常讚嘆孩子！我們成年人現在要學些什麼記些什麼，非常難，腦子裏、心裏都裝了太多東西。經典中說大道至簡，返璞歸真。孩子不就是這樣的嗎？我們真該向孩子學習，他們簡單純淨，所以最近乎自然，也最近乎道！

感恩生命中這份美好的善緣，感恩曼掌村那株千年菩提樹賜予我這一顆小菩提種子，在陪伴他成長的過程中我時時覺照，日日歡喜，天天成長！

都艷君
成長自己，也為孩子的成長鼓掌

    剛剛讀完了心然老師的日誌，內心充滿了感動和佩服！從我認識心然老師的第一天起，心然老師給我的印象就如同她的日誌一樣：溫雅的外表，娓娓道來的文字，淡定從容的氣質，對道篤信並且篤行，始終把「道德傳家」這一主題，當成自己的使命與責任，不斷探索，是我學習的榜樣和力量。心然老師邀請我說一說學用《道德經》帶給我作為母親的變化，我欣然應約，現在回顧一下我的心路歷程，與大家共勉！

一、生命的成長首先是自我生命的成長

    一開始，作為一個母親，我幾乎沒有感受到心然老師的那種面對孩子的喜悅。在學用《道德經》前我的畫像是：作為一個職場女性，「不得不」回到家中，無微不至的養育孩子，事無巨細；付出型人格，養育孩子讓這種人格擴大化；常年的焦慮和無秩序感；家人的不理解；社會的不認可……這些都讓我無所適從，我也常年處於一種不自信的狀態。

　　現在我的畫像是：每天覺知自己的情緒和感受，焦慮和糾結幾乎不見了；以靜待花開的心情陪伴孩子成長；孩子的每次成長替她開心，但更重要的是在她遇到挫折的時候我有力量去幫助她；安靜下來，接納當下；也接納自己，接納生命中的無常；總是帶著感恩的心情，變得自信……

　　為什麼會有這樣的變化？因為在過去的四年中，我不間斷的在和《道德經》連接，讀《道德經》、《道德經問道心得》，寫感恩日誌（我現在也已經寫了一千多天了），建立《道德經》的聊吧，讓更多的全職媽媽參與進來，共同受益於《道德經》，也包括在心然老師的微課堂聽課。我感覺到：我在不斷的被滋養，也在不斷的被洗滌，《道德經》的智慧是真理，我對此深信不疑。慢慢的我感受到：我的生命正在這期間慢慢的發生變化，我不再是一個只為家庭和孩子付出的媽媽，不再被無限的責任感綁架，我現在是一個關注自己生命成長的人。因為我明白了：每個人都有自己的生命路線

圖，每個人都只能且必須為自己的生命成長負責。作為一個媽媽，如果連自己的成長都忽視了，又怎能期待孩子會變得更好呢？有一句話不是說「父母是原件，孩子是複印件」嗎？

　　我們每一天都和孩子在一起生活，每一天的生命狀態都在成為孩子的環境影響著她。母親的情緒、狀態對孩子的潛在影響是想像不到的，在日復一日中會把烙印深深地刻在孩子的基因上。因此把自己做好，好了一個我，就好了一個世界。萬物只有在「萬物作焉而不辭，生而不有，為而不恃，功成而弗居」的狀態下才能蓬勃生長，孩子也要借助無為的榜樣力量才能朝氣蓬勃，而不是靠控制、擔心、恐懼孩子的情緒、學習或者身體。孩子自己也有自己的生命路線圖，他們的未來要靠自己的雙手去創造，作為父母就不要乾著急了。父母首要的責任是陪伴和助力，即使孩子走點彎路也不用怕，《道德經》第四十章說「反者道之動」，反是一種運動規則，也許有時候走了彎路，對他們的人生路來說卻是捷徑。

二、知足和知止是保平安的良藥

　　有句老話說：知足常樂。現在很多媽媽忘記了這句話，把自己的欲望強加在孩子的身上，期待孩子更好的學習成績，考上更好的學校，比現在更優秀，自理能力更強……仿佛在社會急躁的節奏下，不達到完美心裏就有焦慮感。之前我也是這樣的，我總在想：我的女兒這麼聰明，什麼都是一學就會，所以她理應更專注更優秀。後來我在學習《道德經》的過程中，體會到自己是多麼的無知和貪婪。每個孩子來到這個世界上，都有她的天賦也有她的使命，一定也有她的短板最後成為她的功課，需要她來覺知和克服。我們要因材施教，聰明的孩子往往不容易堅持，我如果只盯著這一點，就會很煩惱，但轉念一想：擁有一個聰明的孩子不是已經很幸運了嗎？

　　《道德經》第四十四章說「知足不辱，知止不殆，可以長久」。孩子來到這個世界上，擁有健康的身體和良好的心態，平平安安過一輩子，聽上去好像很平常，其實最樸實的

才是最重要的。「見素抱樸，少私寡欲」在與孩子的相處過程中，實在是太重要了。知足就是抱著「總是感恩」的心態去生活，感恩上天賜予我這麼好的孩子：善良、聰明、開朗、率真、有責任心、有正義感。以前我覺得女兒可以更好，現在我時常感嘆：我怎麼擁有這麼好的兩個女兒呢？抱著感恩的心和孩子們在一起，就是簡單，就是幸福！知止就是抱著「總是敬畏」的心態去生活，把生命成長的主動權交給孩子。我的女兒在她彈琴的時候不喜歡我指出她的問題，即使我的指出是正確和有效的，她說：「媽媽，你就坐在一旁鼓掌就好了！」我覺得這句話，用在她的人生上同樣適用。

　　我不知道該怎樣用生動的語言來表達我對《道德經》的敬意和憧憬，但在我的心中，它是我的啟明燈，是我的安慰劑，更是我生命中最重要的老師。與心然老師的結識就始於泰國世界老子道德文化城的《道德經》學用課程中，是《道德經》讓我們走近彼此。後來我在廣州開展《道德經》讀書會和聊吧活動，心然老師也多次從香港趕到廣州，為大

家分享和主持。我們每次的溝通，幾乎都是心然老師主動找到我，和我交流她最近的學習心得和人生志向，讓我自愧弗如。未來，我願意像心然老師那樣，追隨她的腳步，以傳播中華傳統文化為使命，讓道德傳萬家！

薇 薇
我們是誰？

我是誰？

我是一個十二歲孩子的媽媽，我也是父母的女兒，同時我還是丈夫的妻子，我亦是宇宙大地的一份子，然而我還是我自己。其實只有認清了自己，才能活出更好的自己，自己活好了，家人也會更好，這便是「好了一個小家，好了一個大家，好了一個世界……」。

我和心然老師相識於瑜伽，在學習經典《道德經》裏相知相惜，我何其幸能有心然老師的引領，攜手同行悟道，感受生活處處都在大道中。心然老師說：「我們在一起，自然就形成了一個能量場，它是陽光正向喜樂的。」是的，每一次的瑜伽課就是身心靈的洗滌淨化之旅，讓人無比的放鬆與舒適。不僅是身體上的柔軟輕鬆，內心也變得更加柔軟清淨。我想這就是心然老師為什麼稱我們的瑜伽為「經典心靈瑜伽」，這正正也是「道」的另一種呈現。不知不覺和心然

老師已相識有四、五年的時間。我們在一起瑜伽、行山、品茶、悟道，我們無話不談，可謂是亦師亦友，因為我們的心是相通的。記得心然老師曾跟我講過：「生活中從來不缺乏美，只是有沒有能發現美的心。」我非常感恩，這幾年在道中的醒悟，呈現出了一個更好的自己，我越來越能感知世間萬物的美。因為我的心是來盛載無限的美好和愛。現在，每一天我都從未停止學習，因為有亦師亦友的老師攜手，有志同道合的姐妹同行，和孩子家人一起，每日感恩，感恩一切的遇見。因為所謂的好與不好，都只是個人的定義，遇到所謂「挫折」，只需我們自然接受，從中領悟、反思、學習，便自然有了成長。所以我看來沒有什麼是不好的事情，因為我相信一切都是最好的安排！

　　每日精進，不要內耗，常常感恩，常常喜樂，常常知足，讓我們能夠成為光，成為愛，攜手道中行，美無處不在！感恩一切美好的遇見！

小雨
寫給《我們是誰》

　　我們是誰？這是個大命題。對於我來說，我首先是兩個孩子的母親。我既享受了作為母親的各種幸福喜悅和滿足自豪，又經歷了各種困難挑戰與高山低谷。人生就是一個經歷各種恩典與美好的體驗過程，當然，不完美本身也是完美的一種表達方式，不美好本身就是美好的一種相對存在。

　　我是在經歷一次不美好的身體治療過程中認識心然老師。當時客旅香港的我人生地不熟，治療的過程痛苦而艱難，兩個孩子不在身邊，也沒有熟悉的朋友相伴。各種不美好的煎熬時期，心然老師帶著幾本經典書籍出現了，她從此成為我在香港的第一個朋友。在之後的分享交流中，心然老師也逐漸成為我的良師益友。我們共同陪伴孩子度過了不少美好的時光，我們一起閱讀經典，一起看見美好。我也在家人的陪伴與友人的關愛中經歷了身心靈奇妙的醫治過程。

　　在經常閱讀經典的過程中，我學習領受了為人妻、為人母的感動。成為母親之前從未學過如何做一個媽媽，而在做

母親的過程中，也是一個學做母親的過程；閱讀經典之前，從未體驗經典的美好，而在閱讀經典的過程中，也越來越多地看見美好。我們是誰？可能是我需要不斷繼續去探尋、省察、覺知的過程。而我是母親的身份卻會伴隨我未來的每一天。做母親本身也是一個需要不斷探尋、省察、覺知的過程。愛是恆久忍耐，在做母親的過程中，我們需要不斷學習成長，需要更多的耐心、接納與包容。只有自己的心花綻放了，才能讓孩子的希望之花更加綻放。

我們一起品悟《我們是誰》這本書本身就是一個美好的過程。看見「我們是誰」的美好，省察「我們是誰」的過程是一次奇妙美好的過程，讓我們一起啟程，共同體悟我們是誰。

娟子
我和《道德經》的結緣

因為瑜伽認識一個人，因為一個人結緣一本書，因為一本書懂得了更多道理。這個人是心懷大愛的心然老師，這本書就是中國歷史上最偉大的名著之一，對傳統哲學、科學、政治、宗教等產生了深刻影響的《道德經》。

有時候命運就是如此會安排，當你需要的時候，你不用去尋找，自然會有一名「老師」來到你的身邊，去助你修行。記得剛認識心然老師的時候，是我作為全職媽媽比較迷茫的時期，同時身體也經常出現各部位的疼痛，所以一場瑜伽就開啟了我和心然老師的發光發亮之旅。喜歡和她待在一起，因為在她的眼中總是可以看到別人看不到的，在她的口中永遠都是大愛的分享。你和她在一起你會發現不一樣的自己，你會感覺到被認可，那是一種無形的力量，牽引著你去認識自己。

心然老師作為一名傳道者，她和人打開話題的聯接之一就是一本承載因循自然規律達到「無為而無不為」之境的

《道德經》。單看這本書，你無法去參透和領悟其中的奧妙，而心然老師贈與我們的版本是包含了趙妙果老師的翻譯整理還有悟道心得，讓你對《道德經》的認識可以由淺入深，閱讀完後會讓你恍然大悟，所以這不是一本給你讀的書，而是一本用來悟的書。

　　《道德經》倡導的是和諧：是自然和諧、國家和諧、社會和諧、家庭和諧、身心和諧。當我們真正讀懂了《道德經》「見自己，見天地，見眾生」，我們就會發自內心的懷有感恩之心、謙和之心、包容心和完善自我之心。

　　當你讀了《道德經》，你會明白世間一切皆有「道」。我們一定要去遵從規律，相信世間一切皆有安排。在教育孩子的過程中，我最開始用對兒子的教育方法按部就班套到女兒身上，結果我和女兒都勞心勞力也沒有達到滿意的效果。我力求兩個孩子各方面發展平穩一致，經過幼稚園到小一的實踐，因為我的執著我發現我們走錯了……兒子智商偏高喜

歡數學喜歡邏輯,就該讓他走學術的道路;而女兒情商偏高,喜歡動手做手工喜歡畫畫,就該培養她往藝術方向發展。由此我得出的結論是,教育也要順應「道」,就算是同一對夫妻生的孩子也不可能一模一樣,何況男女天生就有不同,每個孩子都是獨特的,他們都有自己的優缺點,我們要因材施教,既接受他們的天賦異稟,也要接受他們的資質平庸。但是要相信,上帝在給你關掉一扇門的時候,肯定也會給你開啟一扇窗。父母之愛子則為之計深遠,到目前為止我不敢說我對孩子們的教育之路到底是對還是錯,但是我慶幸的是我可以很早就認清楚他們的秉性,可以幫他們發揮所長。

當你讀了《道德經》,你會明白水才是這個世界最大的強者,它能載舟也能覆舟。不論是再高的冰川,再低的海拔,再廣闊的大海,還是再狹小的縫隙,水都可以達到。在我們家裏,女兒確實是水做的,為了達到自己的目的,她會審時度勢剛柔並濟而且每次都恰到好處;而兒子的性格就比較剛強,他說要他「低三下四去『求』人」他辦不到,求人

不如求己，他寧可不要一個東西也不要去求人。於是我們給他說，一個人的力量總是有限的，我們一輩子不可能全都靠自己，總有需要尋求幫助的時候，在必須的時候放低姿態也未嘗不可。我們做人就要像水一樣，該強硬的時候要如同冰川，但有時候也要柔弱得如潺潺流水，學習像水一樣剛柔並濟，海納百川，懂得不爭，寧靜方可致遠。

當你讀了《道德經》，你會明白平淡才是真是福。在這個物欲時代，我們的需求越來越多，就會活得越「累」，有道是「人心不足蛇吞象」，欲望是無法滿足的，一旦有了貪欲，就容易讓人走上邪路；所以我們一定要懂得知足，學會取捨，放下攀比，淡泊名利，隨遇而安才會活得更自在，幸福感才會越來越強。凡是不造作不執著，要順應自然，有時候放下也是一種拿起；而捨棄也許也是另一種擁有，知足才會常樂。當孩子哭泣沒有鞋子穿的時候，告訴他們這個世界上還有人失去了雙腳，教會他們活著就該珍惜當下，我們應該感恩我們有一個健康的身體。

當你讀了《道德經》，你就會明白虛心謙下，掩蓋鋒芒低調行事，智慧並不體現在表面，往往都暗藏在內心。青澀的小麥總是昂首挺胸，反而成熟飽滿的麥穗總是放低姿態。在教育孩子的時候，當他們向你拋出問題，你不要急於告訴孩子答案，而要一步一步去引導孩子尋找答案，三人行必有我師，讓我們去期待孩子的答案，有時候你會得到意想不到的收穫。為人父母，千萬不要一副高高在上的姿態，天下萬物生於有，有生於無，父母雖然經驗充足，也要虛心謙下才能給孩子更廣闊的天空。

無論你是二十歲入世謀生，三十歲成家立業，四十歲穩中求進，還是五十歲知天命……只要你參閱《道德經》，都能讓你猶如擁有高人在旁，為你指路，翻一翻就能讓你茅塞頓開。從裏面感受到自己的渺小，也體會到自己的偉大。讓我們做一面鏡子，在照見別人的時候，也在反觀自己；讓我們做一支蠟燭，就算發出的是微弱光，也能趕走漆黑照亮別人；讓我們做一滴水滴，擁有最柔弱的形態卻也能無堅不摧……

　　再次感謝心然老師一路的指引，感恩正在閱讀的「您」，感恩遇見，讓我們都能過上老子描繪的理想生活「甘其食，美其服，安其居，樂其俗」。

來自召玲的分享

在香港這個發展快速、喧囂的國際大都市,我和心然老師的相識,卻來自於可以讓心靈慢慢安靜下來的瑜伽!這是一場非常奇妙的生命之旅,相識的六年時光,她讓我的心從此岸到達了彼岸!

哪個成年人的世界裏,會沒有一點點煩惱?上有父母、下有兒女,算是一生中經濟負擔最重的時候,除此之外還要兼顧到孩子、先生、父母每個人的情感,處理好人際關係等等。記得小時候媽媽說過,「人的一生有錢沒錢都不重要,重要的是你在活著的每一天都開開心心的,心情最重要」!也記得爸爸常說「不爭不辯,福樂無邊」!可是又有幾個人,可以真正的做到一點氣都不生?在家庭生活中,一點矛盾都沒有?天加福都是逆來的,只有當你的經歷讓你痛苦、讓你迷惘時,你才會去悟它!人們又常常習慣有一個「我執」在裏面,凡事都是指別人怎麼怎麼不對,卻從不想一個手指指別人的同時,有四個手指正在指向自己……

　　心然老師用一本《道德經》，開啟了我和她之間的一扇門。因為心然老師每個星期都有兩節公益瑜伽課——放鬆了我的身體；一節讀書會《道德經》——滋養了我的心靈。通過每次和老師喝茶、讀經、悟道、論道，慢慢的我的心突然像開了一扇窗，再慢慢的又有陽光照進來，我對過去發生的一些事情（我當時認為自己都是對的，別人都是錯的）感到內疚和自責，徹底的釋懷了……因為放下了，我每天看到太陽，看到小花小草都會感恩，我感覺到了生命的美好，也真正理解了父母說的話，一不小心也活成了他們話中的人（每天都很開心）。

　　現在我的生命狀態特別好，每天運動、讀經、分享，感覺每天的時間都不夠用……真的非常感恩這一生，可以遇見心然老師，可以經常面對面的交流，你於我來說亦師亦友，是我心靈成長路上的明燈！未來的大道，讓我們結伴同行，此生有你，我何其幸也？

來自家文的分享

我們是誰？認識她我從一個原來固化追隨社會大隊的人，變成了思考回歸自己的人生！認識了她，我重新確定了自己我所擁有的內在品質，與經典所描述的道是相通的！

剛認識她的時候，我們一家人都有共同對她最深刻的印象：心然老師你很會問問題，你總會總結我們所想表達的，原來我們也會表達的那麼好嗎？她常常確認了我們自己。對！她就是心然老師！我們一家人和她就從喝茶論道學習《道德經》經典開始認識道，開展了回歸屬自己人生的道上！她的語言中帶著能量是我從來沒有聽過接觸過的。很多時候當只有我們兩個一起以經典論道探索的時候，仿佛進入沒有時空所限制的空間裏面，一切都超出自己所想所做的能力範圍以外，這一種與人相處放鬆的隨喜感在她身上隨時散發著！她的生命就是這麼一直隨著經典傳承的流淌一門精深的去研究探索並行走著！

　　很多人認為，讀懂經典是一個文化的自信，對知識層面的增長！包括我自己剛開始的時候就以知識層面對中國文化的傳承理解來學習！慢慢跟心然老師走進共同的生活裏面，當讀懂了為學日益為道日損，我發覺學習了知識，只是最基礎的一部分，收穫最大的就是從經典進入了我們的生命，讓每一天生活都有覺醒，就像每個沉睡的細胞活躍了起來一樣！

　　慢慢地從努力到交托，從隨波到知止，從著重外相活在朋友圈到見素抱樸活出真實，找到了我是誰，當我一個人找對位置的時候，家裏的每一個成員都各歸其位！

　　很感恩生命中出現有這樣一位老師，活出生命存在的價值去影響別人一起走在回歸自己的道上！

新加坡李明姝醫師
著有《中醫情懷療癒——自主健康，從心開始》

《道德經》在第二十九章中說：「將欲取天下而為之，吾見其不得已。天下，神器，不可為也。為者敗之，執者失之。故物或行或隨，或歔或吹，或強或羸，或載或隳。是以聖人去甚，去奢，去泰。」這句話放在親子關係中，可以這樣理解：每一個孩子都是實相圓滿的寶貝，是上天托管給我們的神器，做父母的，不可以妄加作為，強力干預。強力干預就會失敗，妄加把持就會喪失。

我們不能把孩子作為自己的私有物品一樣去「管理」和「控制」，要他們成為我們的「面子」或「成就」，而是應該把孩子的生命主動權還給孩子，允許他們按照各自的天性和稟賦，長成自己想要的樣子。父母只是給出天地，給出關愛和支持就夠了。

做父母的如果能夠效法天地，提供一個讓孩子安心成長的磁場，成為孩子心靈的港灣，那麼相信每一個家庭的親子關係都將成為人生溫暖美好的力量連接。

我根據沈妙瑜《生命喜悅的祈禱》，編寫了一份《父母對孩子的祈禱文》，送給大家，請父母們對著自己的子女朗讀，或者心中想著孩子朗讀，可以在心靈深處感動孩子和自己。

祝願天下所有的父母和孩子一起，不斷成長，提升自己，互以為榮，喜悅綻放！

父母對孩子的祈禱文

爸爸媽媽的心肝寶貝，很感謝有你的陪伴，
你是獨一無二、與眾不同的好孩子，你對我們的意義非凡。

你有一顆善良、真誠、美好、溫柔的心；
你生性善良體貼，積極光明，你對我們非常重要。

你帶著獨特、了不起的天賦和才能，
為了實現某種只有經你才能達成的目的而來。
你是實相完全圓滿的寶貝，是上天托管給我們的寶貝。

我們知道，家裏的某些情況，造成了你生命中的傷痕和印記。
請原諒並釋放由於過去的我們不懂愛的真諦，
而給予你的錯誤對待和錯誤表達，對不起！請原諒！
那是源自於爸爸媽媽內在傷痛的投射，並不是你不好，也與你無關。

過去爸爸媽媽和你曾經有過的衝突、誤會，

並不影響你完全清靜光明，圓滿無瑕的本質！

我們祈禱，從這一刻起，

過去的憤怒、悲傷、壓抑、失落、不被接受、不被愛的痛苦，

完完全全地釋放！完完全全地轉化！完完全全地消失了！

人世間所有真善美的事物，將時時刻刻地陪伴著你，健康快樂地成長！

而你與生俱來的，清淨光明的智慧、善良慈愛的心性，

也將永遠陪伴著你、引導著你、支持著你、祝福著你！

你將為這個世界增添許多的慈愛和幸福！

我們以你為榮！

我们是谁

編著：	心然
設計：	4res
出版：	紅出版（青森文化）
	地址：香港灣仔道133號卓凌中心11樓
	出版計劃查詢電話：(852) 2540 7517
	電郵：editor@red-publish.com
	網址：http://www.red-publish.com
香港總經銷：	聯合新零售（香港）有限公司
台灣總經銷：	貿騰發賣股份有限公司
	地址：新北市中和區立德街136號6樓
	(886) 2-8227-5988
	http://www.namode.com
出版日期：	2023年3月
ISBN：	978-988-8822-47-8
上架建議：	心靈／親子
定價：	港幣 60 元正／新台幣 240 元正